U0528268

小城·野渡

华子/著

北方文艺出版社
哈尔滨

图书在版编目（CIP）数据

小城·野渡/华子著.－－哈尔滨：北方文艺出版社，2023.10
 ISBN 978-7-5317-6016-0

Ⅰ.①小… Ⅱ.①华… Ⅲ.①诗集－中国－当代 Ⅳ.①I227

中国国家版本馆CIP数据核字(2023)第169488号

小城·野渡
XIAOCHENG YEDU

作　　者 / 华　子	
责任编辑 / 金　宇	封面设计 / 现当代文化

出版发行 / 北方文艺出版社	邮　编 / 150008
发行电话 /（0451）86825533	经　销 / 新华书店
地　　址 / 哈尔滨市南岗区宣庆小区1号楼	网　址 / www.bfwy.com

印　　刷 / 成都市天金浩印务有限公司	开　本 / 880mm×1230mm 1/32
字　　数 / 150千	印　张 / 6.5
版　　次 / 2023年10月第1版	印　次 / 2023年10月第1次印刷
书　　号 / ISBN 978-7-5317-6016-0	定　价 / 79.00元

序

灯盏只照亮命定的黑暗

南　鸥

"灯盏只照亮命定的黑暗"是我2016年写下的诗句，而2022年的春天，我突然感到好像是我提前为诗人华子的诗写下的秘语。

我时常说夜色越重，灯盏越亮……是的，每个人的内心都藏着灯盏，每天都在驱散笼罩自己内心的黑暗，每个人内心的夜色越是浓重，其内心深藏的灯盏越是明亮。也就是说，灯盏与黑暗是相互支撑、彼此照亮、共同呈现的，没有彼此的抚摸、交融、照耀，那灯盏与黑暗的身姿自然就丧失其存在的意义和价值。如果说我们没有这样的认知，那我这些天对诗人华子作品的品读就是空寂的，仅仅是诗人朋友之间的附庸风雅。但这不是我的性格，同样也不是诗人华子的本意。显然我此刻的言说，是诗人华子的文本引起了我的思考，甚至可以说其文本击中了我……

诗人华子本名刘爱华，1974年出生于贵州文化名城思南，这是坐落于贵州乌江沿岸的一座小城，有着深厚的历史文化底蕴，华子自幼深受熏陶，酷爱诗歌和书法，同时也养成自由、独立、不羁、玩世而追求自我的性格。诚然，这样的性格自然为华子埋下了人生的伏笔，同时也为他种下了一颗纯正诗心的种子。高中毕业之后华子高考落榜，他顺其自然走上南下广东打工创业的历程，同时开启了他真正意义上诗歌创作的虔诚与敬畏之门。这么多年，他一边在异乡创业，一边在诗歌创作上行走，彼此相得益彰，颇有心得，而《小城·野渡》就是他创业历程与诗歌人生彼此照耀、相互辉映的人生经历和精神景观的双重见证且精彩呈现，这就决定了他思绪的触角既伸到了存在的现实，又彰显着对个体生命精神层面形而上的思考。

《小城·野渡》共收入142首诗歌，其中《十二星象随想》《红尘恋歌》《四季》分别是组诗。从内容来看，有对家乡的回忆；有对纯粹爱情的赞美；有对大自然的冥思；有对现代性背景下生命图景的审视。而这些内容交织在一起，我们就会发现《小城·野渡》有两条主线拉动着我们的神经：一条是贯穿诗人几十年对家乡的无限眷念，时而隐隐约约，时而如暗夜闪亮的灯火；另一条就是与此相伴的诗人对个体生命的当下性反复追问，两条线索相互支撑、彼此照耀、共同呈现，正是从这个意义上说，灯盏只照亮命定的黑暗，仿佛就是诗人华子的真实写照与艺术概括。而这样的思考，令《小城·野渡》获得一种从个性到共性的上升与超越，拥有一种思考的力量与光泽。

诗人的思考是立体的，是开阔的，是超越家乡甚至超越个体生命的更具开阔意义的思考，也就是说诗人在彰显对家乡的眷念，对个体生命的朗照的同时，还从对爱情的赞美、对历史的审视与对大自然的冥想等方面呈现了诗人的哲思，因而对以小城的回忆为载体的现代乡愁的思考，对这个时代人们生存图景的诗性呈现，既构成了《小城·野渡》的重要内容，也构成诗选一个重要的诗学特征。我们先来看诗人对家乡的回忆与无限的眷念：

我想和你住在这座小城
　　异木棉怒放的黄昏
　　那个流浪的吉他手
　　在广场上，唱着忧伤的歌

　　河水绕过广场缓缓地流
　　黑夜的幕布把霓虹灯
　　一粒粒抖落在水中
　　酒吧要打烊了
　　你该收拾好你的星星
　　脚步，细叶榕一样的温柔
　　　　　　　　　——《小城》（之二）

小城是真切的，是温暖的，是浪漫的，这些记忆既支撑着诗人现实的心灵，又赐予诗人遥远的梦想，因而以小城为象征的家乡是照亮诗人一生的灯盏。但是诗人知道，这是一种原初状态的灯盏，他还需要获得一种具有自觉精神意义的灯盏，就是对个体生命当下性意义的反复追问，显然这样的灯盏无疑是诗人主体生命觉醒之后所获得的更加高级的灯盏，而诗人这样的思考集中在《世事》《浮生》《随想》等诗篇，读起来令人掩面而思……

　　选择一座桥，选择凭栏远眺
　　在安静中快乐
　　在烦恼中扔掉烦恼

　　"黑夜给了我黑色的眼睛"

如果没有光

要它何用

——《世事》（组诗）

　　诗人知道，生活是具体的、是艰难的、是疼痛的，因而不论是身体还是心灵都需要得到抚慰和治疗，然而诗人很清楚，当药物对疼痛审判结束之后，任何执念都难以成佛，人们只能自己成为自己的囚徒。因而，活成自己的日出、活成自己的模样，就是现代人最重要的精神诉求。

许多年了，我们去过许多地方

和不同的人说再见

在不同路上看风景

陌生的城市和人们

他们一定很幸福，一定很满足

如你

——《如你》

　　诗人的思考是真切的、是具体的、是当下的……很多年过去了，人们经历了很多的人与事，依然还活着，人们是幸福的、是满足的……

湖水倾倒进长天

风中飘落着咸凉的雨

那是眼泪的湖

我们是睡在湖底不说话的鲸

——《秋之语》

　　而这样活着与认知是独特的，更是共性的存在图景，是形而上的……我们再来看看下面的诗句：

在花朵死去的地方/渴望的眼睛高悬在太阳上/在我和世界之间/你是星星，是灯盏，是呼吸(《秋之语》)

满盆星光，遥远时间的岸上/风一样小的船/等待摆渡人……请不要追问/黑暗中的一切/没有人看到过神〔《浮生》(组诗)〕

每一滴露珠/都用一棵草来丈量一生/你瞧，它多可怜〔《浮生》(组诗)〕

请不要追问我/在这潦草的一生里/我拥有什么，拥有过什么/什么拥有过我(《经过》)

显然，无论是诗人对现实与历史的反思，还是对灯盏的追寻，这些诗句，彰显了诗人的认知能力与概括能力……

我们还看到诗人在现实中是痛苦的、是矛盾的，甚至是分裂的，同时又是充满自信的，而这也充分体现了诗人是真实的、是可感的：

> 点一盏灯
> 是对黑夜的不信任
> …………
> 我们的灯
> 会变成天上最亮的星
>
> ——《点一盏灯》

然而，尽管诗人在现实中获得了心灵的慰藉，并拥有梦想的翅膀，但是诗人深知自己置身的是后现代诗潮的强烈渗透与肢解之中，所以诗人在世俗的现实氛围之中，更加追寻一种更纯净、更高远的人间生活：

> 风萧萧兮

吹来天空的消息

我做一个不带雨声的人

在异乡里

与你同撑一伞

堕入红尘

就这样浅浅地活着

和不公平的生来一次坚决地活

——《生活》

从这些诗句来看，诗人好像是从爱情的角度出发，来释放自己追求一种更为纯净的世俗生活与更为高远的精神境界。

黄昏

地平线把日和夜

折叠在一起，流霞追赶着

放牧的星星

走过没有故乡的四季

脚如钟摆，困于表盘上

——《黄昏》

与此同时，诗人是敏锐的，更是警醒的。他发现了现代性背景下人间数千年赖以生存的故乡似乎正在慢慢消失……

其实，无论是诗人对家乡的回忆，还是对爱情的赞美，我们都可以理解为诗人对现代性历史语境的思考，是诗人对以农耕文明为人文内核的生存心理的无限挽留，更是永远遥望与心灵的皈依……

其实，以小城为载体所象征的故乡或梦中的爱情，既是诗人思考的载体，又是诗人永远的追寻……

其实，诗人的思考有多深，就说明诗人置身的夜色有多浓重……

2022年5月6日于贵阳南鸥书院

南鸥，男，本名王军，1964年生于贵阳。诗人、作家、批评家。中国作家协会会员，贵州省作家协会主席团委员，贵州省诗歌学会会长，贵州省新诗研究中心主任。

百年新诗大型纪念专题《世纪访谈》《肖像的光芒》总策划、总撰稿。先后在《诗歌月刊》《中国诗人》《星星》诗刊开设诗学专栏。在《中国作家》《十月》《诗刊》《星星》《诗选刊》等杂志发表作品。

目录

小城（之一） …………………………………（001）

小城（之二） …………………………………（002）

刻意 ……………………………………………（003）

春分 ……………………………………………（004）

你知道 …………………………………………（005）

读过 ……………………………………………（006）

那座城市 ………………………………………（007）

木棉花 …………………………………………（008）

雨 ………………………………………………（009）

失眠 ……………………………………………（010）

无题 ……………………………………………（011）

秋天，我是一粒种子 …………………………（012）

立春	(013)
梦境	(015)
流星	(016)
我不愿醒来	(017)
我路过的江南	(018)
小寒	(020)
下架	(022)
秋分	(023)
日子（之一）	(024)
路灯	(025)
四季（组诗）	(026)
来吧	(029)
沱沱河	(031)
雪花辞	(032)
瓦尔登湖（之一）	(033)
瓦尔登湖（之二）	(035)
瓦尔登湖（之三）	(036)
瓦尔登湖（之四）	(037)
随想	(038)
等我	(039)
或许	(040)
但这就是人间	(041)
给罗广才	(042)
那个人	(043)
请给我一座房子	(044)

等你的云	(045)
立秋	(046)
七月	(047)
发现	(048)
山月	(049)
夏至	(050)
预见	(051)
致洛尔迦	(053)
旅行曲	(055)
旅行者	(056)
晨像	(057)
日子（之二）	(058)
立夏	(059)
谷雨	(061)
时代	(062)
春天，怀念海子	(063)
雨祭	(065)
清明·祭	(066)
四月	(067)
空虚	(069)
惊蛰	(070)
立春以后	(071)
沉睡的眼睛	(073)
春天来了	(074)
需要	(075)

双乳峰	(076)
梵净山	(077)
黄果树	(078)
思南石林	(079)
生活	(081)
随想	(082)
我想和你一起生活	(083)
列车	(084)
你的城市，我的原野	(085)
九月，有月升起	(086)
和月亮一样	(087)
黄昏	(088)
经过	(089)
秋之语	(090)
如你	(091)
离开	(093)
世事（组诗）	(094)
浮生（组诗）	(097)
点一盏灯	(107)
风雨中的事物	(108)
走向	(109)
迷途	(110)
早晨	(111)
影子的主人	(112)
蓝色	(113)

迷路	(114)
如果你愿意	(115)
江南	(116)
幸福	(117)
四月	(118)
距离	(119)
我坐在一堆石头里	(120)
海子,生日快乐	(121)
呼唤	(122)
种子	(123)
旅行	(125)
春天	(126)
告诉你	(127)
人间	(129)
世界如此明亮	(130)
禅	(131)
我窗前的雪花	(132)
海岸	(133)
一个人	(135)
无题	(137)
麻雀	(138)
精灵	(139)
风	(140)
鸽子	(142)
醒来	(143)

小雪 …………………………………………………（144）

黑鸟 …………………………………………………（145）

早安 …………………………………………………（146）

穿越时光的缝隙 ……………………………………（147）

回来 …………………………………………………（148）

一个秋天的早晨 ……………………………………（150）

大金山 ………………………………………………（151）

那面镜子 ……………………………………………（153）

和我说说话吧 ………………………………………（154）

山槐花 ………………………………………………（155）

一场雨 ………………………………………………（156）

证明 …………………………………………………（157）

十月蝉声 ……………………………………………（159）

十月，是秋天的 ……………………………………（160）

那条小溪 ……………………………………………（161）

太阳花 ………………………………………………（162）

来去 …………………………………………………（163）

孤独 …………………………………………………（164）

问答 …………………………………………………（166）

关于 …………………………………………………（168）

野花，草原的灯盏 …………………………………（169）

消息 …………………………………………………（170）

八月 …………………………………………………（171）

冷 ……………………………………………………（172）

倘若 …………………………………………………（173）

红尘恋歌（组诗） …………………………………………（175）
十二星象随想（组诗） ……………………………………（179）
我要去你的村庄 ……………………………………………（186）
我的村庄 ……………………………………………………（188）
野渡 …………………………………………………………（189）

小城 （之一）

我们住过的小城
走过的路口
经过的晚风，不笑的窗子
肯定与你有关

我们望着桥的对岸
布满了记忆中的灰尘
闪烁的霓虹灯，在暗夜里开花
也一定与你有关

遥遥的路吹着尘世的风沙
源源不断地表达
对经过的一切心知肚明
用紧闭的嘴唇说话

一定有人离开了再回来
只是我们都没有觉察

小城 (之二)

我想和你住在这座小城
异木棉怒放的黄昏
那个流浪的吉他手
在广场上,唱着忧伤的歌

河水绕过广场缓缓地流
黑夜的幕布把霓虹灯
一粒粒抖落在水中
酒吧要打烊了
你该收拾好你的星星
脚步,细叶榕一样的温柔

我们回家吧
回到没有电话铃声
没有星星的小屋
如果要让人们再也找不到
我们把自己藏在夜里

而我失去了那么多时间
与你一起

刻意

流水,走向雪山
闪电,通往天空

被春天喊回的蜜蜂
被萤火虫提来的灯笼
还有被蝴蝶惊落的花瓣

所有美好的事物
都不应该被刻意安排
比如被爱

春分

雨落下来之后
叶子为何有一张流泪的脸
花儿渴望成为种子
追逐太阳,而太阳
是你唯一的证词

春天就是春天
即使同意的手举起了一千次
即使谎言重复过一万遍
也不可能让我相信
没有永恒的照耀
所谓伟大的事物
该怎样划分出界线?

春分,即使春分
黑夜也永远不能等于白天
闪电从雨中划过
撕碎天空的脸

你知道

你知道,一朵白云的柔软
你知道,一把雨伞的渴

地上的影子开始长大了
我们经常走的那条路
会迎来许多两个人
深夜写的诗,你听见了我的倾诉
重逢带来的惊喜
一起走上山路、小桥
顺着流水的方向
落花找到了它的归宿
交叉的十指,沿着跑道
在阳光下越握越紧
怒放的异木棉
全是你微笑的线索

你放飞的风筝一定会找到我
你知道它是一首风中不老的歌

读过

树林,踩响空山
温暖很轻,天很蓝
骑着浅浅的云朵
把天空飞成湖面
那么柔软,挂不住的时候
会掉在哪里呢

从此以后,我将不再往上看
空蒙是所有颜色的颜色
大片大片的阳光
也叫不醒
那条由东向西的岸
和纷纷落下的山

那么多的水,那么满的河
把长长短短的岸都走完
也没能止渴

从此以后,这人间
一再被你的目光,读过

那座城市

那座城市很小很小
小得只知道和你一起走过的
那几条街道
那座城市很远很远
人很陌生,花开得很新
天空有用不完的白云

那座城市的人们和你一样
爱上街角的咖啡馆和公园
孤独的细叶榕和异木棉
是被谁指定在位置上的呢
日复一日地等
梦想回到它们的家乡

那座城市我可以过得很卑微
可以假装地生活
可以站在街边,静默成一棵树
掉不完的叶子和风一样轻
你不曾弯腰捡起
月光从此,只等你的声音

木棉花

提着一盏盏小小的灯笼
她来了
我们不必远行去寻找春天
她就开在春天里

在南方
我相信火红的温暖和荡漾的风
相信失望的人在黑暗中苏醒
是她带来的

我们深情地对视
我们大口地呼吸着香气
哦,木棉花
让春天在我的身体里发芽吧

雨

雨水啊
一定是昨晚的星星
在此时此刻掉落了

一定是那些从前远行的人
回到了他们热爱的过去
热爱的土地

雨落下的声音
你要温柔地听,闪亮地流过
雨水紧抱着所有植物

你要细细地读
那是关于秋天的语言

失眠

是帆追着自己的影子
在开裂的海上航行
是风带来了海岛的钟声
是梦解释着天堂的谎言

让星星静静地闪一会儿
让眼睑欢快地跳一会儿
让呼吸轻轻
只一会儿
天就会亮了

请用夜色的手
撩起我月光的窗帘

无题

烛火轻描淡写地
托举星空，我坚持着
一切夜晚迷失的
去黎明找回
这么多年，在一个人的重逢里
满怀期待
在黑暗的丛林深处
他乡是故乡
要解开多少秘密
才能穿过命运
要被风驱赶多远
才能不被迟到判定
梦不肯开始
只有落日永不熄灭
候鸟变成化石
故乡是他乡
在星星的家园
永远是多远
漫长有多长
众生如云

秋天，我是一粒种子

在秋天，我钻进一枚
比黑更黑的果核里
放逐自己
什么时候醒来
就什么时候轮回
就什么时候砸破墙壁

这荒诞的丛林
野火燃烧的时候
不发出声音
原谅我吧

不奢望一场所谓的春风
送我去发芽
更不奢望能取名为蒲公英
它那么圣洁，不像我这般委屈
只愿我融入泥土
不会有人踩上一脚
耽误了我的花期

立春

从今天开始,从此刻开始
我们穿过河床
穿过黑暗和羞愧
进入春天

风里雪里,一棵草举重若轻
仿佛承受住了
季节落下的所有灰尘
却依然惊醒

我们再也不感到害怕
穿过这多变的冬天
从一条河流进入另一条河流
通向大海之门

进入春天
从白色的脸进入蓝眼睛
种子为我们准备花朵
雨水为我们改变颜色

从今天开始,从此刻开始
相信黎明,如同相信自己
朽木随炊烟离去
春天需要站立的枝叶

梦境

你们总是从窗户的外面
偷窥我梦中的风景

害怕明天的贼
赶走月亮和星星
如果夜空已空
鼾声一定要消失
对于沉睡的人来说
又能留住什么

关上北风的门
吹灭火光的尊严
在空荡荡的国度里呼喊
醉汉的快乐
你是否能听见

渴望借口的人们
从谎言中回来
戴上从天国偷来的面具
背负黑色，走完一生
从不可能中突围

流星

我的夜空
开满了百合花
迎风摇曳

一颗流星划过,不是结束
是结束的开始
在时间的黑暗深处
闪耀一盏明灯

世界宏大
家园渺小,那颗流星
是我射出的箭
以黑暗之名

我不愿醒来

致命的彩虹
在骨头上开出花朵
请黑夜光临
听欲望的钟声
果实是我高悬的心

我不愿醒来

死亡在永生里产卵
有限在无限里静默
生存与自由搏斗
我的手臂
压着时间的重量

我不愿醒来

洪水唱起赞歌
流过额头
流过惊恐的眼睛
流过伟大的夜晚
梦,多么幸福

我不愿醒来

我路过的江南

我一定是那个骑着白马的少年
未经江湖风雨,未历世事红尘
刚刚结识金庸和古龙
杀气腾腾,酒正酣
他们让我爱上侠客的剑

于是我成为一名剑客
流连江南烟雨
忘记曾是小贩,周身充满铜臭
忘记小桥流水,鲜衣怒马
一剑光寒十二州

然而我们一起虚度半生
仍然不能邂逅
江南的油纸伞下
醉眼蒙眬的人,手忙脚乱的人
我终将是一贫如洗的过客

我路过的江南
多少白云依山傍水

多少游子两手空空

千年楼台还活着，我不留下

自知罪孽深重

小寒

一年的尽头是一天
想掩盖寒冷
我们交出水的温度
交出西风和落叶
每当你走过
天色就暗了下来
黄昏的街灯下
有小心翼翼的人来了
请你用心倾听
那踩着喊痛的声音
一定来自那个戴罪的人

茫茫世间，多少不尽
孤独不会说谎
雪花是一片片跌落的云
天空已被掏空
河流不再回头
请让我在你的房前屋后
在你的手掌心
额头，眉间，身旁

做一个虚度光阴的人
想象春天来临时的模样

下架

请收起你的猎枪
或者让它在深夜里熄火
在黎明前折断
让它瞄准天空的白云
绕过我的羊群

如果一定要射击
请给我们一个提示
一会儿时间准备
好收藏那旷世的闷响
在白云之上

然后,永不相见
回归那面墙,记住那面墙

秋分

该开的花,都已经开过了
该结的果,都挂在悬崖

叶子垒成高塔
在风崩溃之前,请和我一起
说那些已经说过了
千万遍的话

夕阳,压弯了树枝
黄昏终于浮出了水面
终于结出了满天的星子
自己照亮着自己

再出发吧
在今天,我们挥手话别
秋,也分了

日子（之一）

夏至未至
种子躺在胸腔鸣叫
雨水远去，你迷路的此刻
风从瞳孔吹来
一只眼找路，一只眼亮灯

曙色爬进窗户，灯未点燃
夜游者迷失了方向
天就亮了

怕日子挥霍，怕挥霍日子
怕一条路走到黑
更怕走黑一条路

路灯

在桥上
生长着一排失眠的路灯
傍晚才能被看见

谁能告诉我
谁的手按动了开关
如果眼睛失去了好奇
如果数字逃离了公式
光明来自种子,混凝土埋着的心
越来越孤独和拥挤

没有路灯的桥,不算桥
没有桥的街道,不是街道
所有发生的剧情
都是模仿和重演
见证一切
并给一切戴上面具

当它亮时,光明是无边的
像黑暗
当它熄灭,黑暗是无边的
像光明

四季（组诗）

春

如果枯枝醒来，剪掉指甲
漫天的飘雪如飞鸟
经过所有悬挂着的窗

啊，我们和雨水举杯
跟闪电赛跑
让火焰做成标语写在墙上

我不会压抑生长
我向阳光投降

夏

夏天是毒药
是被那匹自己的驼峰
压垮的骆驼

夏天在沙漠
尽收眼底的余生
举起痛苦的尊严匆匆走过

休息吧,疲惫的旅人
在没有水的戈壁寻找水
注定是一生的过错

秋

落叶是整个院子
准备收藏的心事
准备和土拨鼠一起拥抱冬眠

你坐在叶上孵化一粒粒种子
脚下的大地静静沉睡
给根系指引方向

但愿你不要走神
如果悲伤不死,如果腐烂停止
啊!这多事之秋

冬

风带走了冷,冷又带来了风

既然没有温暖
你又在仇恨什么

为了给孤独取暖
你把四肢化为干柴
坐在它的对面,又化为灰烬

洁白的雪花,飘打着墓志铭
众生皆苦咸
唯独你,又酸又甜

来吧

来吧,看曾经不羁的乌江
被思林大坝驯化
一排排电线走向远方
牵回白云和彩霞
还有星星般撒下的杏花
桃花、李花和茶花……

在库区,你可以拥有
两个天空的星星和白云
比其他地方多一个
你唱出的歌
群山给你再唱一遍
快乐就有了双倍

德余高速通了
从此你不再上山劈柴喂马
白鹭湖、石林、雷公门
还有亚洲第一的楠木王树
如果你一定要离开
请用虔诚的乡愁带走它

来吧，来和我一起
白云深处煮春茶

沱沱河

亿万年的碰撞,奔跑
大风中指挥群山
白雪在山顶遇难
却在山脚复活

天空掉进你的陷阱
给部落带去牧场和青稞
向大海寄出的信中
没有确切的地址

是的,你生来就该如此
举起万流之源,以剑客的招式
劈开石头,制造光芒
摊开身体标出航向

你满足了我对一切浩瀚的想象
对光明和远方的追寻
但你日夜不停地注视着我
究竟想要我回报什么

雪花辞

把自己变成一片雪花吧
以风为部首
云为偏旁
走来一个纯洁的新娘

请不要忧伤
夜会越来越明亮
多少条道路就在脚下
远方那么远,天空那么近

一个热爱洁白的人
是有权成为一座山峰的
一个丢掉脚印的人
肯定找不到通往山顶的闪电

雪落在哪里
哪里就是北方
雪落在哪里
哪里就是家乡

瓦尔登湖（之一）

我看见了
你推着谷仓前行的孤独
一出生就开始挖掘自己的坟墓

丢卡利翁与皮拉从远方赶来
扔完了所有的石头
走完所有的路
留下了一群相同的动物

对树林，声音和光的理解
是黑夜里最忧郁的部分
所有倒下的影子
等候在墓碑旁

我看见了春天的第一只麻雀
上气不接下气地呼吸
——让自己悲伤
——让自己欢乐

它们知道，如果冬天太冷

就点燃血液取暖
如果森林太暗
就亮起双眼点灯

瓦尔登湖(之二)

忘记祖国的方向
丢失了猎犬和枣红马
用阳光煮熟食物
手杖做成刀斧

风散播你的启示录
规定耻辱和光荣
让一切远离规矩
让一切疼痛都得到治愈

你已经提前用完
生命中的欢乐和灯火
像一只挂着衣服的架子
干净地消磨时光

愿你的船永远停在瓦尔登湖边
等着流浪者光临

瓦尔登湖 (之三)

是谁在呼唤我

已经穿过长夜的人们
对昨天深感愧疚的人们
闭着眼睛
住进小木屋,忘记闪电吧

你要像等待希望和蔚蓝一样
等待远方
你要像等待春天和花开一样
等待光芒

穷人和富人
使用一样的铜板
低贱和高贵
乘着同一条小船

刺向森林的小路太坚硬
拥挤的孤独
是安静的瓦尔登湖
向大地摊开轻薄的身体

请别再唤醒我

瓦尔登湖 (之四)

进入林间的小路已不知去向
来时的船不愿返回岸边
如果冷杉愿意
刀斧就是你所有的行囊

如果松鼠愿意
它会与你共用它的毛皮
邻居的教堂
住着诗人的知己

天空没有日历
如果春天忘记了时间
忘记了整片森林
怎样开花

亲爱的冬天
最后一个爱尔兰人离开后
所有动物都是你的客人
都留恋你的水井

随想

落叶是那本一望无际的书
果实是主义的归宿

脚印是远方的雕像
鞋子意味着道路

冬天长出灰色
长出堵住嘴唇的蛊

死者的额头泛起荣光
白昼就成了神撒的一个谎

黑夜闭合了所有事物
开挖一定要从天空开始

佛语能带来的忏悔和反思
像沉默的暗示

将死的聋人啊
把痛苦交出,你是何等幸福

等我

语言已经到了无家可归的时候
落叶般的人群,走向虚无
丢下自己,腐烂自己
只有诗歌,让世界活着

你们走向盛唐
走向诗歌的景象
一样的痛苦和满足
天空一样辽阔

诗歌啊!我们是你的
是你桃花朵朵的三月
是你忠实而叛逆的奴隶
是你踩着的我的尸体

你要在高山等我
在河流等我
在村庄的路口等我
在等中等我

或许

或许窗子被打破了
掀翻院墙,丢掉名字
重新设置道路
才好让秋风通行

或许一定要诚实地睡去
才能让灵魂张开
从入口进来
把真相告诉我

或许让夜色盖做寒冷
用月亮和星星取暖
水和泡沫融为一体
那匹白马照样犹豫不决

或许做的梦像秋天一样多
在高楼和路灯举起的夜空下
谁在威胁你的影子
交出回家的钥匙

但这就是人间

但这就是人间
在轮流的贫穷和富有面前
屋檐收留它们
冬天,再还给你

今夜,月亮依然高悬
像古老王朝的眼睛
今夜,太阳已被谁接走
在光明和黑暗里来去自由

再晚一些,从大雁的眼睛里
看到雪
我们没有孤独
我们没有州府

溪水掏空了群山的心
如果可以,就做一滴水
乘着河流,在人间
破破烂烂地航行

给罗广才

他没有停笔
他鼓起勇气
在纸上寻找敌人
推倒一个到整个
从这里到那里
从天津到全国再到天津
从一天到一生
他总是热闹地一意孤行
救出那些掉落的标点

哦,他让我看到了
唐朝的姿态
宋朝的样子
他还让我快乐地苟活着
问候诗歌

那个人

请原谅这个世界
唯有在坚硬的面具里
才看不见恐惧

那个害怕解释的人
固执的名字和一条路
逃往远方

那个一生都在寻找日出的人
被窃取了最初的信仰
和最初的忠诚

那个没有敌人的人
在高高的船上
在深深的水里

我也不想留住你
每个人都有自己的旅程
都在人间

请给我一座房子

请给我一座房子
不用装下昨天、今天、明天
但一定要装下春天
门前的合欢树已经发芽
门前的狗总是向陌生人说话
门前的河流摇动低低的风铃

窗外一定要下着很懒很懒的雨
打在阳光上,赶走阳光
河流喊来鱼群
虽然它的桥,它的岸
是与我无关的,不近不远
但相依为命

请给我一座房子
笑声就是落下的满天星星

等你的云

一定是这样的黄昏
长风停止,恰逢盛世
星星不远

我想带你去那远处的山边
那里坐着一排等你的云

然后把太阳种进地里
长出不同的明天

我想了好多好多的话
要告诉你
月亮在悄悄地听

立秋

别回头看
太阳花开在悬崖上
风还含在夏天的嘴里

立秋就是立秋
在经过第十三棵树的时候
顺手摘一片叶子
就和生命有了一个约定
快乐在叶脉里旅行
成为金色的部分
成为一座悲痛的坟

啊！秋天
你的苹果哪儿去了
我心急如焚，如果我死了
请砍掉那棵苹果树
请为我打开果园

七月

七月,在群山搁浅
鸟群坠入山谷
月亮往返于昼夜之间
迷路
走不出自己的地图

地平线缝合天空
火焰还在一张纸上奔腾
秋风会如约而至
无知的墙壁
反复为视线呐喊摇旗

七月的河流,带来鱼群
又让鱼群带去大海
水的碎片
闪着寒光,别担心
风再大些就可以了

七月是你将要开启的果园
是太阳最简单的笑脸

发现

你坐在对面
坐在睁着眼的窗边
喊来一簇簇晒得白白的云
头巾在每个清晨飘起
像一片片寻找风的树叶
很轻,很柔,很安静
你的眼神
赞美着我,也伤害着我
你的微笑
如风拂过田野

学会了和时钟说话
每一天都是新的,都是你的
每一种感觉都醒着
一旦写出来
它们就是诗歌

山月

山月晴了又阴
魔鬼的影子冉冉升起
当你阴了又晴
一定是因为小草的歌声

当你圆了又缺
海浪和潮汐是找路的人
当你缺了又圆
星星向着我们飞奔

月啊,你在虚无里穿行
高悬的阴晴圆缺
来自黑暗
并医治黑暗

夏至

骑着六月做梦
去太阳上旅行

你说,时间到了
河流、高山、植物
为绿色找到了源头
而我最后悔的
是没有一把伞给你
才让你被笑盈盈的太阳割伤

在季节的深处
在疼痛的深处
街道、广场、公园里的花朵
集体被谋杀
在秋天成为标本
在冬天成为化石

星光那么小,天空那么吵
夏天是你疲惫的心跳

预见

时间有不一样的风景
落日成线,成了光
照亮每顶山峰

是落叶预见了秋风
是山顶预见了白雪
是昨天预见了今天

在夜的裂缝埋下种子
风穿过语言
钉在地平线上

是道路预见了尽头
是黑暗预见了窃窃私语
是鲜花预见了鲜血

木头就是一面墙壁的中心
砰……砰……
谎言击中世界

是沉默预见了恐惧
是向日葵预见了风雨
是结束预见了零点以后的钟声

致洛尔迦

你的船在海上
你的马在山中

你说有许多束目光
是无声的枪口
抵在脑后,血的威胁

你那麻木和空洞的表情
空洞先于麻木
死于黎明

你把楼梯引向黑暗
引向气喘吁吁的风
像风在楼顶哭泣

你走进诗意的田野
用另一种方式解释世界
那是另一种能力

你把影子缠在腰间

月亮和阴影斗争
倒在橄榄树边

如果有一天,你踏上回来的路
请奏响深歌
让我们有孩子般的惊喜

你的船在海上
你的马在山中

旅行曲

云在风的嘴里吟唱
群山把影子丢在水中
麻雀代你收藏秋天
乌鸦的乐队
指挥远去的山谷
奏响旅行曲

沿不同的路标
跟星光一起醒着、笑着
离开，或者回来
离别总是会比相聚少
只少一次

目光穿过锁孔
向镜子问路
愿望连接虚线
谁失魂，谁就落魄
谁哭泣，谁就永远哭泣

旅行者

问候多么保守
暗号对上了
在时间里进进出出的人
巧合足以解释一切

落叶遮暗了天空
翅膀发出轰鸣
有雾升起
给山谷戴上面具
阳光和雨水,得寸进尺
吞没了旅程

在大火的阴影中
我们谈论未来
声音越来越小,人越来越少
转过身去,已经空无一人

晨像

今天的太阳一定很大
五月的菟丝花
开在石头上

眼睛在月亮上高悬
所以看不见
星光的抵达

所有的怀念
隐藏在摊开的日子
与童年对望

兽群在空中行走
阳光吩咐着每一个人
总结语言，运走一生

在喧嚣的呼救声中
我看见了
黎明布光的手

日子 （之二）

烟囱的手指奋力指向天空
时光的轮船
载着乌云驶向地平线
麦地重复着画圆
多么孤独的运动
像鸟儿的飞行
戴着眼镜的建筑面无表情

没有人比候鸟更精确于方向
用鸣叫声射击落日
落日堕入夜晚的隧道
枕头不再是枕头，墙壁就是边界
我是我的国王

日子真美
我又被阳光吵醒
南还在南边，北还在北边

立夏

立刻就进入了夏天
阳光倾泻下来
立一根竹竿
挂上自己的影子
偷吃时间的糖果

呵,生活其实就是喊出回声
别为它悲伤
它必定会在远方嘹亮
必定像闪电和雷声一样
流浪

风卷花香
无中生有的味道
全部被我们收藏
秘密留给仰头思考的雨伞
秋天,还我以果实

萤火虫打破黑暗
向黎明的灯盏

唱起无声的情歌
快不快乐都是现在
想得太远，必然悲观

谷雨

雨,把春天最后的希望
融进叶脉中
布谷鸟的歌声
独自响彻山谷
这世间没有多余的东西
都有随遇而安
都有四季

流动的道路
是我们的方向
从星星的眼里,我们走向黎明
笑容不必戴着面具
把秋天的秘密告诉房子
把欢乐挂在苹果树上
长成幸福的模样

时代

扭曲的岸指引着河流的方向
倔强，撕裂，追逐
地平线的光
骑着路的人，自己也成为路

日子的浪花，狂笑不止
得意不止
从哪里来，到哪里去
万物形单影只

夕阳推倒了一座又一座山
沉入黑色的夜
黑夜淹没一扇又一扇窗
遍地剥皮的影子
消失在脸上

我听见了呐喊者的沉默
喊出命运的名字
嘘，不要关灯，长夜正奔腾
岁月还小，时间还小
梦醒还早

春天,怀念海子

春天我们应该怀念海子
去怀宁,山海关,去德令哈
找到姐姐,告诉她
图腾的自由
在这里做个温暖的人

他用诗歌,点亮了火把
向死而生,燃尽年华
向远行者说到远方
他的愿望,转动着太阳
向生而死,凡·高一样

他告诉我们光明的秘密
热爱具体的风景
热爱景色中具体的人
对心爱的谈起爱
热爱人类的呼吸和哭泣

生和死已被我们
重复了太多次

春天，十个海子全部复活
在生命之外，世界之外
春暖花开

雨祭

从清明到谷雨
一朵云撞上了太阳
夜色点燃闪电
渴望染红了五月的天空
火焰撕开眼睛的绝望

你无法呼吸——

昨天就是今天
没有人看见草的生长
彗星忧伤的尾巴划过海上
你将成为船,在宽阔的夜晚
承载着我们深深的不安

你已经离去——

在黑暗中只能找到黑暗
从雨季走到雨季
举着破旧的伞
从风里走向风里
用雨丝钓起,一座沉重的大山

清明·祭

天气不错
我们都还活着
离开今生的人已去不了来世
怀念没有了意义

一个人,终会用一堆黄土作证
厚厚的回声
落在遥远的山谷
风一样小,风一样吵

现在,你终于睡着了
所有的沉默
就是石头的沉默,所有的忧伤
就是泥土的忧伤

正如失败的刺客
逃入雕像中
在每个王朝的故乡
继续活下去

四月

四月来了
掠过田野的暖风
和风中朴实的每一个人
脸上还挂着冬天浅浅的泪痕
雨越下越急,闪电越来越亮
群山用一条彩虹上吊

寒冷逃向北方以北
蛙声传到天空
结成一个又一个响雷
伤口耗竭着季节的雨水
父亲把脚插进泥土
把自己种成想要收获的植物

请把你的欢乐和忧愁
都告诉我
我再告诉争吵的花儿们
匆忙的燕子,拥挤的河流
它们什么都不知道
它们只知道微笑

但我无法成为你,远方很远
四月来了,年代没有真相
请选择一条干净的路
人世宽广,才不会弄脏鞋子
不要在芒种时让懒惰奢侈
在花谢时让果实受伤

空虚

你无法让雨停止
让雷声温柔，让天气不冷
就像你根本无法让河流不转弯
对于改变掌纹，你无能为力

时光不曾给过我们
实现任何一次回忆
没有人能从任何一个故事回来
是的，就像被冻在空气里

你向落日走去
沿着地平线巨大的钓钩
闪电从天边赶来，身披万道鲜血
一盏灯只能等天黑

大地充斥着一些不愿生长的事物
一个春天太短
花儿们已经迷路
风，依然还在小心地吹

惊蛰

这是个争先恐后的日子
白银和星光粉墨登场

你说你从冬天走来
一路喊着花朵的名字
河水流向天边
点燃了黄昏
日子要滚烫成你想象的那样

那些枯枝上沉睡的翅膀
在阳光里解放
世界从空白走向蔚蓝
没有人问候一朵云的到来
没有人能说出它的重量

雨水来自另一个星球
闪电钻进泥土,翻开时光的天书

立春以后

雨水，雨水
被击落的雪
踩着自己的影子

雨水，雨水
闪电的浪花
敲击尘世的墙壁

雨水，雨水
落下，忘了回去的路
乱风吹断源头

雨水，雨水
你唤醒了什么，伤透了什么
不再告诉你

雨水，雨水
鲜血穿透了土地
滴答声唱响了安魂曲

雨水，雨水
淡淡的人间寻找淡淡的甜
和二月的经纬

沉睡的眼睛

沉睡的眼睛,当你睁开的时候
渴望就死灰复燃
光明只是为了取悦花朵
当你闭上的时候,是一把镰刀
收割了所有尘世的麦粒

是的,当你闭上的时候
在正午的阳光下
藏着一本书的秘密
每一张纸都像蝴蝶一样轻盈
那是一只鸟的来信

沉睡的眼睛,只要能看见彩虹
晚一点儿睁开,也没关系
天空会对你一见钟情
雨水会如海般漫过额头
流入两口老井

你读了一生最美的诗句
那两口老井
是你唯一记住的标点

春天来了

春天来了
让我们打开窗
让风吹醒我们的早晨

雪花走过天空
这些流浪的精灵
开出白色的花朵
带着喜悦，生活在落叶上

回到永不忘记的故乡
那片走失的叶埋在融冰的湖底
该记住的故事
和未来一样遥遥无期

当你勇敢走出房间
星星就看见了你
春天，藏在冬天的身后
隔冬天最近，离冬天最远

需要

我需要一场大雪
好让我把所有洁白过的村庄
当成故乡

我需要一缕炊烟
好让我把指向天空的手指
当成梦想

我需要一个朝代
好让我把黎明前掌灯的使者
当成榜样

最后我还需要九个太阳
高悬在后羿的弓箭上
来不及养伤

最后,呵
我只需要向一道闪电投降

双乳峰

从什么时候开始
就这样默默地伫立等候呢
提着一篮子的云朵,累吗

喘息的流水逃入谷底
留不住的眼泪
那是共同的语言

那道彩虹是我唤来的
请收下吧,双乳峰
请收下那团红色的太阳

放飞的风在每个夜晚温柔地吹
所有的星星
都是我给你点上的灯

呵,我恰好看见了你的笑脸
在永恒的四季中
在更替的朝堂之上

梵净山

这佛光闪闪的高原啊
年轻的剑客带来了
金刀，云瀑，禅雾，幻影
一柱擎天

我愿是你莲座前的佛堂
受木鱼日夜打磨
我愿是你安放的山峦
吞下夕阳

那个淹死在雨中的人，是我
那个佛前祈祷千年的人
久久得不到解脱
在虚弱的阳光下

疲惫的经轮转了又转
没有一条栈道通向你
深渊之上
此处不落雨，何处是家乡

黄果树

骑着黑色的山峰
巨大的呐喊,没有归宿
旅人和过客化为雾霭
流浪在高原上

那是六枝河无尽的沧桑
以梦为马的诗人
向黄土和石头出售自由
另一种死亡

那是奔腾的血脉
不屈的脊梁
倒下和站立都是自己的丰碑
另一种浩荡

总有些声音在耳边久久回响
如我的师者,远方的故事
有着简单解答
念念不忘

思南石林

你刺破坚硬的泥土
泥土刺破坚硬的天空
瞄准众神之门

千万个幽灵从地下涌出
古老的咒语还在空中未散
纸飞机一样失望

你留下的影子
从未走出今天的悲伤
转动着太阳的方向

秋风吹过你的皱纹
哀怨的声音
永远挂在悬崖上

请说出你的愿望吧
接受风的赞扬
接受赞扬后的遗忘

你让我白发苍苍

忘了众生群像,就像忘了

高悬在夜里的太阳

生活

阳光老去了
你乘坐的地平线
淹没了所有的黄昏
古老的小城渡口
我想和你一起
忘记日子和那么多的背影
只记住柴米和油盐

风萧萧兮
吹来天空的消息
我做一个不带雨声的人
在异乡里
与你同撑一伞
堕入红尘

就这样浅浅地活着
和不公平的生来一次坚决的活

随想

十月的枝头
太阳流淌着秋天的血
四季知道
果实才是最重要的

沉沉睡去
忘了关掉月光
让它继续照耀着你
照耀着人世的劫

回来吧，或者永远走开
不要站在窗外
任何旅程都不欠什么
不欠成功者一百一千次的失败

乌云敲击着天空
风暴的子弹射入大海
你给了我一个梦
却不让我醒来

我想和你一起生活

我想和你一起生活
吃饭、工作、唱歌
把每一条街道都走过
记住每个咖啡馆和书店的位置
冬天还有一盆红红的炉火

让昼夜不停地讨论
补丁般的房子怎样收回人群
风有了雨就不孤零
有霓虹灯的街道才不觉寒冷
两个人不需要掌声

灯下我把你写成故事
再用嘴巴堵住墙壁
只在人们和人们之间相传
让太阳从一个方向落下
再从一千个地方升起

所有遗憾的
都不是未来
我过得好还是不好
只有你知道

列车

连接着开始和结束
列车,你是行走的音符
草木包围,山水退去
所有的风都成为你的俘虏

拖着长长的星斗
为目的指引着方向
列车,总有童年清脆的歌声
带回远方的糖
当呜咽的风声
唱起古老的汽笛
哦,多么嘹亮,多么忧伤

穿过开满云朵的夜晚
穿过大地永久的图案
列车,那么急切和匆忙
我要你带回的旧车票
登上她的客船

你的城市，我的原野

曾经，你的城市是我的原野
现在，我的原野是你的城市

你的城市，我的原野都是异乡
孤独和幸福都是我们的王

在你的城市燃起火把
在我的原野寻找星光

黎明，你的城市昏昏欲睡的窗棂
是我想你的眼睛

傍晚，我的原野叽叽喳喳的喜鹊
笑你没有飞回的翅膀

哦，你的城市，我的原野
赞美和诅咒一样美丽

我们在未来的土地和天空下
慈悲用尽，无嗔，无喜

九月,有月升起

在人与人的遗忘中
没有路通向你

镜头中的风景永远是此刻
你带领着我的笑容

从太阳落下的方向
看到的永远是背影

九月,有月升起
圆和缺都不是故意

逃往对岸的桥
是箭,向你手中的弓飞去

九月啊,九月
晚霞在你脸上渐渐过期

和月亮一样

陪伴星星的夜晚
我用满头的黑发作笔
夜色的幕布上
写下人间的明暗
再用月亮,盖上我的印章

你笑了,笑起来的时候
带着桂花的香
笑起来的时候
洁净、轻盈、美好
和月亮一样

和月亮一样
缓慢、深情、圆满
不必惧怕每一座山
找到所有人的故乡
瞧,那是梦中的灯盏

黄昏

黄昏
地平线把日和夜
折叠在一起,流霞追赶着
放牧的星星
走过没有故乡的四季
脚如钟摆,困于表盘上

世间所有的窗子都点亮
织成夜色的网
街灯撑开道路的伞
流浪的人
在酒精里养伤
烟头一样醉倒在路旁

月光让影子无力
我向黑暗投降

经过

黎明,星子打来黄昏的电话
说天很高,很蓝
云朵走得很慢
阳光就要撞开了我的窗
日子如风铃般乱响

倘若把昨天说过的话
都刻在经过的风上
任漂泊与孤独
都瘦成一树落叶
倘若从早到晚,是一生的距离
我将再度与泥土结合
以向日葵的姿势
追逐着年轻的太阳

请不要追问我
在这潦草的一生里
我拥有什么,拥有过什么
什么拥有过我

秋之语

湖水倾倒进长天
风中飘落着咸凉的雨

那是眼泪的湖
我们是睡在湖底不说话的鲸

在花朵死去的地方
渴望的眼睛高悬在太阳上

在我和世界之间
你是星星,是灯盏,是呼吸

当你喊出雁群秘密的时候
口气如此地坚决

慌张的叶子在黑暗中
窃窃私语

如你

许多年了,我们去过许多地方
和不同的人说再见
在不同路上看风景
陌生的城市和人们
他们一定很幸福,一定很满足
如你

从不同的地方我们寻找过
也听过那些忧伤的歌
那些歌中有我们的呼吸
有我们的热烈
哦,麻雀一样跳跃的样子
如你

每次的离别,都怀着喜悦
想象下一次和你见面的样子
阳光在你脸上
有怎样温柔的表情
每一缕风都有你的香气
如你

那些清晨、傍晚、黄昏和黎明
白云走过安静的地平线
彩霞的手轻轻伸来
喊来的花瓣都带着笑意
所有的美和美好
也如你

离开

离开
带上争吵不休的银子
把审判留下来

留下
白云跌进深谷
浓雾收走山的衣服

道路
破碎的鞋子在黎明前遭到处决
背叛曾经的幸福

选择
我们不需要孤独的海
我们不在意帆打不打开

最后
把彩虹装进口袋
我们骑着山走得很快，很快

世事 （组诗）

1

选择一座桥，选择凭栏远眺
在安静中快乐
在烦恼中扔掉烦恼

2

"黑夜给了我黑色的眼睛"
如果没有光
要它何用

3

还有一天，明天，我们就要告别
请撑起六月的蒲公英
伞下，诗、酒凋谢了年华

4

为何云朵也会在水里生长
星星会跃进你的眼睛
永恒的愿望

5

渴望拥有一对翅膀
不是为了要成为天使
仅仅想做一回鸟

6

果实的呐喊
卡在深深浅浅的皱纹里
死过一次又一次

7

云山之南,彩云之上
相遇忘了疼痛
夕阳忘了落山

8

不解释他们的冷眼和嘲笑
不稀罕他们的星光和烛火
活成自己的日出

9

寻找一座空中的海市蜃楼
躲开鹰的嘴脸
存下一生的粮食

浮生 （组诗）

1

放下，行走，呼吸
生活那么油腻
眼眶那么渴，带不走忧郁

2

安静的山梁，村庄，四季
你来了
金山耸立

3

白云走下山顶
披着月光
一起走下来的，还有许多星星

4

许多人做梦,梦见许多人
浮世清欢

5

你的故事
即使听
也不懂你的一生

6

努力活着
深夜写的诗
或许你在风中读过

7

尘世的幸福
和你下棋、喂马,但不劈柴
慢慢地虚度

8

告别
像一条上了岸的船
离开它的河

9

土地
给你什么,你就种下什么
也种下你自己

10

一切存在的,都可以说出
以另一种语言
穿过岁月与空间

11

高天和厚地
无声地产下沉默并消化着沉默
空间,如此无边无际

12

诗歌
如果找不到宿主
都是无题

13

妥协与固执并存
挤出眼睛里的黑暗
不一定留下光明

14

失意人最诗意
与谁共鸣
山涧、明月、清风、我

15

不强迫与谁,对坐
谁来谁去
谁是靠谱的

16

你能听懂所有的狂欢
他们却听不懂你在说什么
于是，有了孤独

17

野花，流水，饥饿的石头
追着一条路跑到山顶
从此，隐姓埋名

18

你好，影子
陪你走了一圈
为了你的存在，我拒绝了光明

19

常常深入梦境
想要再返回
却无法记起曾经到过的地方

20

梦中,我轻声说出一个秘密
雨一样地行走
站成一道彩虹

21

来这尘世
一定是为了
在我身上看见自己相识的人

22

像我一样鼓掌
像我一样留住一杯茶
像我一样在胸口画着十字

23

如果幸福找到了你
请别忘记我
请安排一颗星星来接我

24

无底的阳光下
尘埃在舞蹈
他们中间是孩童的我

25

把所有注视的目光
收集,串联
虹光处的闪电

26

无论红尘抑或般若
病的是别人
凭什么给我药喝

27

诗人,亦是剑客
流浪在昼夜
在月光的碎银里,挥剑

28

稻草人手无寸铁
如斯寂寞,守望秋天
看群鸟飞过

29

一片晚霞
就能告诉我雨的踪影
收到土地的回音

30

出生,活着,死去
时间卸下一批又一批的人
在不同的终点

31

请在苹果树下标上地址
山那边,弯腰的彩虹
是我写给你的信

32

满盆星光,遥远时间的岸上
风一样小的船
等待摆渡人

33

请不要追问
黑暗中的一切
没有人看到过神

34

每一滴露珠
都用一棵草来丈量一生
你瞧,它多可怜

35

远去的海水
不能渡载帆船的归程
浪花开了又谢

36

在时间这头回望
开始走向开始,结束走向结束
今天就是昨天

点一盏灯

点一盏灯
是对黑夜的不信任
看不见别人的人
也看不清自己

请张开手掌
别对着新生的月亮和太阳
顾望怀愁
请别把门关上

愤怒和唾沫浇不灭一场大火
也淹不死一尊雕像
唯有点一盏灯
给找路的人

等一阵风吹来
又是一番天空海阔
我们的灯
会变成天上最亮的星

风雨中的事物

风是空的
却能装下一切
记下了我们说过又忘了的话

多少次我告诫自己
别站在风里

雨对雨伞说
请给我喊来几片云
裁成衣服给你

我知道你们都喜欢
却往往并不爱穿它的人

走 向

暴雨，改变了夜的方向
从天空的伤口降落
流浪成河
用一生穿过词语的国土
追赶海洋

你呢，将去向哪里
请让黎明路过的星光
借用每一扇窗
请把所有宽广的忧伤都给我
谱成交响

人间珍贵，辽阔
我早已走向路的走向

迷途

海那边,不一定是岸
浪花,飞起又坍塌

一层又一层地跋涉
仍等着写在水上

极致的幸福
总是存在于孤独的深处

你,对自己严厉还是温柔
都是你的自由

那么,太阳,你就走吧
在迷途之后

早晨

蓝色被深深地压进云层
流浪才刚刚开始
一排排还醒着的街灯
细长的腿
支撑着一朵云

快从月亮的颜色里醒来
用一树一树经过的光
向沉寂的大地
买来这好天气

让所有的风都成形
所有梦都能完整

影子的主人

窗户,台灯静坐在深夜
纸和笔,无论轻或重都等着
从哪里来的呢
当影子想要成为主人的时候

向更深更远的远方走去
得到了最好,已再无归途
如果可以回来
沿回声,从八个方向以外

向更深更远的远方走去
朝堂的重心,近在咫尺
满朝汉字,忠心耿耿
为了活着的王

为了干裂的嘴唇能找到水
让星光指引着河流
为了不愿渴死的人能在光中痛饮
让影子成为主人

蓝色

云朵醒着,阳光从树梢落下
碎了一地,我们来来回回
开始搅动着这光影
证明我们还活着

活过四季
春天正以夏的急切寻找秋天
秋天,遥遥远去
所有心跳都是一片雪

陌生人啊
如果你正好路过
请和我说话,请我和你说话
如果你愿意,如果我愿意

蓝色的天,蓝色的空气
蓝色的清晨和你
蓝色的阳光披在肩上
痒是幸福的

迷路

我在这里
在熟悉的地方再一次迷路
遥远的路程在暴雨中消失了
来来回回的脚印
睡在温热而又宽广的大地

我在这里,你在哪儿呢
那些下在我世界的雨
从未淋湿过你
一粒粒神性的种子躲进泥土
幸福突然就到处都是

我知道,那是时间
是时间中的时间
黑发和白头被彻底暗算
是闪电中的闪电
活着的一大群火焰

那光生产不出影子
那火烧不伤人

如果你愿意

落地的玻璃窗
总是那样俏皮地站着
逗着我们的影子

广场,跑道,红红的裙摆
小城的四季,因为你的出现
我总是吵得它们不安宁
在每个星期天

如果你愿意,请你闭上眼睛
吹着微风,想象四季花开的样子
如果你愿意,请拉上你的窗帘
好让星星能带给你
我的想念

江南

太阳落山的时候
乘云朵飞翔
你悲伤的时候呢

尽管雪还在北方的田野喘气
我还是不想离开四月
五月多乱,有那么多险峻的山
谁在风中唱,谁在梦中哭
谁在城外看

剑,花,烟雨江南
温暖的光,照进心的方向
时间在安排,雨水很淡

我多么渴望骑上迎风的马
驮上时间的白银
到山那边去,只为倾听回声
与你站在一起
看花漫连城

幸福

时间还很早
一盏灯淡得很亲切
我是唯一醒着的人
唯一拥有整个月亮的人

在月光下晒黑自己的人
是幸福的
为了向许多陌生的人
打听你的消息

陌生人啊,假如你愿意
你也是幸福的
你一定要宽恕所有的伤疤
你不需要关心整个人类

用一整夜的时间来怀念你
是幸福的
遍地的月光,只有一个月亮
黎明之前,砍断双腿

四月

四月,整座城市的我和你
无底的阳光下,看尘埃舞蹈
风雨中,我们倍加孤独
慢慢体会远处飘来的幸福
无路可去

我是想在我自己的远方
数着波浪,发现海洋
所有的美好、温暖和光明
我只爱它们的精神
不要物质,不要甜蜜

无论我是不是你黑夜里的灯火
依然期待在你窗前
安静地点亮
向你道晚安
和你的影子多待一会儿
然后错过

距离

突然间,黄昏在路口迷失了
我们也迷了路
记不清走过的城市,球场,梯口
再也走不回那些周末
三十层的早餐
也没有了那双十指交叉的手

这时间真短,早安,晚安
想着一个人,就又一天了
这时间真长,天亮说的告别
隔着夜,离开后已不再见

风说,你在风里
四季,花也开过,叶也落过
你应该是去了另一个地方
那里的明天都非常美好
那里的城市没有孤独

我已经知道了我们的距离
隔远上寒山
即使拥抱也没有了温度

我坐在一堆石头里

白云一定是从行走的屋顶诞生的
高高地压在天上
掌纹里流动着山河日月
尘土砍倒在地
花草树木，汗水，轰然炸裂

在太阳出来之前
我坐在一堆石头里
默默地疼痛着睡去
梦见暮雨朝云、海岸、灯塔
和诸神端坐的残碑断碣

我坐在一堆石头里，苍烟落照
傍晚的天空下
太阳披散着头发
而我久久昏睡不醒

如果你在梦里等我

海子，生日快乐

给冰冷的泥土烧薪，你躺下
给黑暗的黎明补光
不荒的天和不老的地
草原、雪山、北方的麦田
温暖、热烈、光明的埋葬
你是阳光下的白马
仰面高原，看世间人来人往
你是唯一的王座
霸占所有寂寞，成为孤独之王

这是你愿意的吗
今天这样多好，火车不吵不闹
铁青着脸，山一样高大
铁轨举着你的双手
去了远方，永不回头
北方的小站，迎来了七姐妹
海子，让我们在春暖花开里
久别重逢，在大海边上
倒掉你所有的幸福

你选择背对你赞美的太阳
低低地，只与影子缠绵

呼唤

三月都是任性的
去了又来的旅人
白云一样倔强
远山静静地坐着
风铃低低地挂着
看流浪的人从风里走向风里
从楼上走回楼上

春天很短,有些来不及醒来
钟声就已经走远了
沉入河底睡去的
不一定是鱼
还有盲目而来的小溪
沉月为霜,梦中的白马
已不知去向

岸上的房子
在时光的流水里
渴望着水手和船长的到来

种子

箭一样，射出自己
不留恋回声
脚步，踩痛泥土
犹豫，就会应声倒地
找一片远远的山坡
撕下七彩的云朵

世界怎样地嘲讽
方向就有怎样的努力
别取笑外面的世界
像野草、小花、火红的裙摆
风一样谦卑

山川、平原、四季、风雪
许你光明的景色
昼夜顾此失彼
数着花开的人，永远看不见
一颗飞翔的种子

长发抓住雨水的尾巴

缓缓地说话
眼睛背叛了石头
种子就根植于石上
开出朵朵乡愁

旅行

骑上风,脚下还是大唐的土地
还是大宋的田野
我比风自由,风比我安静
一朵云不会自己走路去

除了呼吸
我将一生都放在行囊里
我的行李十分简单
仅仅,只有一颗渴望的心

瞭望尘世
我渴望遇到一个吹哨的人
尽管他没有可以呼唤的鸽子
无法预知我们会交叉一段命运

我向你告别是为了想和你重逢
我向你倾诉是为了想和你相聚

那么,像太阳一样去吧
带着我白银一样的身体

春天

春天
完全弄醒了自己，奔跑
她光着脚，摇动着树叶
迎着柔软的风
滑进温暖的田野

雨丝，射向泥土的箭
把青草铺在冬天的面前
燃烧激情和壮丽
热血，开成太阳花
汗水，江河一样年轻

高举的火把
照亮，未知的方向
一面面旗帜，指向光明
光明如果不够
再摘下满天的星星

春天
把桃花扇上画满桃花
把所有的圆都画成满月
举过头顶

告诉你

为所有的回忆干杯
如果当成重逢
为所有的自由庆祝
因为已经忘记
告诉你
给现在设定时间
给未来注意倾听

我们勇敢而又坚强地
与昨天说再见
从洁白的天上
雨下着温暖的春意
告诉你
那雨丝针般插入大地
那是上帝写给你的信

在黑暗中
给向往光明者以光明
在追问里
给回答的人以谎言

告诉你
我已习惯紧闭笨拙的嘴唇
我已说不出任何一种语言

给每个冬天都要来一场雪
让温暖的人想起他自己
给每块土地都长着水
黑眼睛就铺过河去

人间

比起闪电
我更喜欢落叶的秋天
把每一片叶子都写上你的名字
画上你的笑脸
如果风能带到你的窗前

比起彩虹
我更愿意拂着无底的阳光
把一千种表情写在水上
有你的世界
才叫人间

白天黑夜，风与月，等待和相遇
落日黄沙，雨与雪，小城和四季

如果你已记不得这些
等待的人一直都在
如果有车站的地方就意味着离别
那些美丽的爱情
在异乡，演了一遍又一遍

世界如此明亮

我想要月亮不要那么胖
才能穿上云做的衣裳
她牵着的一群星星
轻柔，温暖，空灵
像撒在草原雪白的绵羊
世界如此明亮

我想让风走遍所有的季节
花开满杜甫的城墙
广场流泻着李白的月光
衣摆被风吹起，流水远去
你还和我遇见的时候一样
世界如此明亮

一样的风，一样的雨
一样的人们和你，多么美好
只是从这以后
我不再害怕黑夜
我再不要什么世界
你就是世界，你就是光

禅

医心的人燃起灯
他日你来过窗下,不早不晚
合掌为桥
受五百年风雨
明白生未必乐,死未必苦
一切禅为苦禅,无一丝破绽

不增不减,不垢不净
风萧萧中,一切法为无法
禅机已尽,佛缘无岸
我愿是你度的最后一人
或是另一个人
伟大或渺小的悲欢

一树菩提,不生不灭
被过度消费的香灰
让今天蒙上慧眼
看不见草的生长
彼岸花开上遥远的山梁
跋涉者看不见鹤群飞过河川
飞过万念皆空的城邦

我窗前的雪花

我窗前的雪花
是来自天空的粮食吗
四月的雨水抢劫了它
当你路过,一定要吃掉
它的伤感和忧郁,每况愈下

它该不该就此悬崖勒马
就着流浪,爱情,生存
追问诗歌,王位,太阳
或许和你一起,一起和你
就是回答

以星座的名义,骑上战马
射中夕阳,就让我
披一肩雪花吧
固执地在季节里来来回回

和你一起打捞天空的长度
和你一起染白年轻的头发
和你一起
融化

海岸

还记得你睡在岸边的影子吗
归来的渔船也没有摇醒她
成群的海鸥哭泣地飞
不能逃走的小岛和码头
喊来了大片大片的白云

勤劳的海水推着懒惰的鱼群
被春天追赶到秋天
人们在网中的猎场
收割理想和爱情
而从未想过修固那张破网

我张开双手
寻找曾经你住过和去过的地方
早晨的月亮已不知去向
中午和下午被我认真地等过
岸的夜晚，没有照过我的太阳

一天又一天过去了
沙滩和月光渐渐长高

双眼却被石头填满黑暗
海与诗歌,呐喊与梦想
还是那样,不慌不忙

一个人

一个人的冬天太冷
许多漂泊的雪花
闭上了眼睛
一个人的城市路灯不亮
要知道夜的长度
去梦里等待回答

一个人把过去忘记得一干二净
通往人间的路
是灵魂痛苦地攀爬
一个人把月光种在石头上
牧羊人洁白的幸福
被谁偷走了

一个人的声音很轻
很轻,但还是选择活着
听从风的判决
一个人的期待很小
很小,小小的心愿
礼物也不需要有太多惊喜

一个人吃饭、喝茶、下棋
一个人看长河、落日、黄沙
一个人道早安和晚安
一个人
不是也能做许多事吗

无题

我要你在有风的日子看海
房子面前，正春暖花开
傍晚安静地守着暮色
星辰坠入星河
那是回家的路
手牵着手从容等待
金色的夕阳透过车窗
日子短暂而忧郁

我要在你的世界种下笑容
管它生老病死
我要在你的笑容里种下星光
与太阳和月亮毫无瓜葛
让山和水两两相望

哦，春天的花
夏天的雨，秋天的夕阳
冬天的雪
世界上那么多的美好
为何离了你后
都那么平淡无奇

麻雀

阳光下的小麻雀
树叶是它的一张张唱片
我翻来覆去地听

它们还没有长大
还没有熟悉每棵树的距离
它们还没有一起垒窝
跟随轻柔的风跳舞
把自己变成金色的阳光
它们唱着的歌声
像花儿盛开
它们像叶子一样颤抖着
插上飞不出天空的
风一样的翅膀

多么美好
小麻雀,我以人做稻草
等你来到

精灵

太阳合上了眼皮
把夜晚,还给大地
还有那么多
拥挤的、期盼的、醒着的
我们,燃灯种树吧

有多少片叶子
就有多少个春天
就有多少个生命
站在山上看到的绝不是山顶

月光洗着空旷的广场
没有风,成群的云朵
落尽了的雨,在和年龄作战
盘旋在一堆梦上
没了勇气

我幻想你就是满天星光
夜的精灵,照耀我
无限安详,轻柔,宁静
给每条河流指引方向

风

风是温暖的
不跟风就成为风吧
比一条河更急切更辽阔
比夜晚更宽敞更安静
搬动着人群,在人间

一只蚂蚁走进森林
不停地用触摸你的手画圆
不停地种下种子
在风中,它们无辜而自由
沿叶脉写下自己的姓氏

告诉你一个好消息
在枝头,我看见了风的样子
七只鸟轻盈的姿态
放飞的风筝
线,在你手里

那就让此刻的风
都向着你吹吧

越飞越高,所有的方向都指向你
羞红的黄昏
从你的发梢拂起

鸽子

你从没想过离开这个城市
从未离开这个屋顶
默默注视花园里的少年
为他记住七色的阳光
为他守着调皮的野草
做一个灰白的园丁

鸽子,天那么蓝
还需要整个天空吗
还需要整个天空

你的天空分成两部分
一部分飞翔,一部分守望
飞翔是献给自己的飞翔
守望是一堆哨音的守望
飞翔不能停留在空中的一生
守望把一半扔在地上

鸽子,阳光真好
还需要整个天空吗
还需要整个天空

醒来

星星闪烁成河流的样子
你姗姗来迟
像人间走过的
可有可无的人

天空和大地相视而笑
笑所有的风,所有的雨
所有的人群中
都找不到你

沉默着吧
仿佛说完了一生要说的话
该沙哑的沙哑,该破碎的破碎

夜深了
愿自己好梦
不再醒来

小雪

十一月二十二日
雪落到身无分文后
你用力地把黑推进夜
你盖着黑夜入睡

风萧萧,吹过日子
吹过宽阔的田野
吹过冷冷的斜阳
读遍藏在一万个地方的你

找一棵树吧,和他站在树下
等雪下到白头,下到永远
等下一个
十一月二十二日

黑鸟

黑鸟在梦里折断了翅膀
其实梦到的
都不是它想要的飞翔
你静静地坐在窗前
牵挂着星星
闪烁着眼睛
因此,天黑不下来

扑通的云朵把自己弄伤
然后像鸡蛋一样破碎
你看不见它的痛
摸不到它的软
它让天河挂不住沙子
让鸟读懂蓝天
因此,天黑不下来

穿上一只饥饿的鞋子飞吧
去寻找另一只
和孤独的诗人一起
在留白之处
找到自己

早安

你走过了许多个冬天
没有融雪的消息
你写过很多故事
却没有一个说的是自己
你去过诸多的河流和山川
不曾带来一片云彩
你说没有人侧耳倾听
哽在喉间的呐喊

但你分明拥有舒展的笑容
读懂了天空给落日设定的归期
追逐的海浪又回来了它的岸
属于你的星辰还在晨空中闪烁
一切是那样地蔚蓝
亲爱的自己
——早安

穿越时光的缝隙

从此你的时间充裕得可以浪费了
穿过时光的缝隙
从慢到慢
许多故事悬而未决
比如抚摸过的影子
闭一下眼睛
就等于又活过一次

拥有安静的人
是不愿去想屋外光景的
无常和背弃在阳光下缄口不言
天黑再写诗吧
吞下了所有的黑之后
写那些不尽的千山万水
写那些哲学都解释不了的句子

穿越时光的缝隙
垮不掉,掉的是你自己
从零处断裂

回来

请在霜雪来临的时候回来
落叶纷飞过生老病死
绿色闭上眼睛
你的城市不再下雨
不再变换季节

请在草地变成白色的时候回来
钟声落满灰尘
不再听那些吊儿郎当的歌
睁不开的眼睛里
等待不等

请乘独钓寒江的船回来
你不用再找第三条岸
点燃城市的灯火
照着镜子
去水中捞月

回来,或是离开
你关心的粮食和蔬菜

价格从未变过
你害怕的白天
没有一个夜晚的长度

漂泊无岸可泊
人们像斑马线一样躺着
想象另一个城市的路灯
温暖每一双眼睛
温暖着我

一个秋天的早晨

多么美好的早晨
阳光从橱窗铺进来
把欢笑印上你的脸颊
一切都那么温暖
一切都那么直白
所有陌生的人
都看着我们,都羡慕着我

而我已别无所求
除了每个有你的日子
我已没有了别的愿望
阳光也会停下来吧
停在你额上
数一数你有多少条尾纹
一条鱼就占满了整个河床

让我躲进你的眼里
把最后的秋天点亮

大金山

大金山

你提着一篮子的云朵而来

瓦蓝色的天空追赶着海

四季无垠，唯有你

默默地守望着天

那里一定有你的故乡和梦想

那里的月亮很圆

我读不懂你的巍峨

请你原谅我

我不能像夏天对待花楸树那样

对待你，在这个星球

层层叠叠，蜿蜒雄壮

我只有紧紧依靠着你的时候

脚下的路才通往人间

日升日落

山高水长

你永远坚持着自己的走向

指引一群群丢了魂的人

让他们找到自己的名字

让全城的灯火

都有等待的窗，不屈的脊梁
告诉我，世上无难事
只要肯登攀

大金山
亿万年唯一的你
为了让我有你一样的高度
为了那根擎天的手指
你挺起

那面镜子

那面镜子,一生住在墙上
装着一千种表情
墙很小,窗子很小
蓝色和白色的忧伤从未出逃
被它记住,每每夜里
走进梦里

那面镜子,从未走出房间
因此也从未见过月亮和星星
它记录所有的欢喜和美好
早安和晚安
它只能装下一张脸
和每一天崭新的希望

用讪笑的影子来呼吸
它总有一天会吊死在墙上

和我说说话吧

和我说说你吧
说你走过的路,我想走一遍
说靠窗边你坐过的椅子
听你听过的歌,看你看过的河
哪怕明天不能看到你
日子也是有光的
开满叶间好看的阳光
是幸福的,它们照着你
照在冬日的脸上,不待风吹
就落下一地的
金色的太阳,真好
温暖而又芬芳

和我说说梦吧
说说这潦草的人世间
怎样被一个梦消磨
说星光怎样在夜空闪烁
当我看着你的时候
你的眼里只有我

山槐花

时光是有声音的
柔软地催眠着思念的人
听说你寄来了好多片月光
背山的那面从未收到过
小河并不知道
大雨为什么一直没有滂沱

那我要怎样告诉你
山间的风是甜的
燃烧的阳光点亮炊烟的早晨
告诉你泉水流经的地方
有鱼和鸟的歌声
有故乡的消息

那个老槐树下倚窗而望的少年
他为你装了一口袋的山槐花
他已经出发
至于那该死的等待
就让它留在
永远的等待中吧

一场雨

一场雨
说停就停了
就像它来的时候一样
说下就下

门后的那把伞
渴了很久
窗台上攀缘的凌霄花
又抽出了它的新芽

雨中奔跑的少年
并不在乎汗和泪的成分
他在用和时间赛跑的速度
给你回答

但雨还是停了
长亭外马车已经等了很久
至于伞下来不及做完的一场梦
还是还给伞吧

证明

我悲怆地望着我们这一代人,虽然没有一个人转身回望我的悲怆。

——任洪渊

暗了的天空
数着它的星星
彗星闪过,那一定是
天堂的来信

清晨了,它不愿意醒来
它的梦走失了枕头
跌入尘埃
吞食尘埃里的卑微

夜的那边,不是昨天
阳光与花儿一同枯萎
迎风而歌的嘴里
塞满不是哽的咽

再锋利的剑也劈不开水
在有生之年的最后一天

它舒服地疼痛
也无人听见

好吧,让它接受全部的失败
包括行为、理想、酒和爱情
让它醉,然后在醉里
找到活过的证明

十月蝉声

十月的蝉声
解释了秋尽冬至
死去和再生
唱响悲怆的轮回

唱响日升日落，山高水长
窗外，夜色已蹑足
魂归来兮
你已随西风而去

那一袭还留在原地的
火红的蜕壳
将是我拥有的整个冬天
冷冷的灯火

十月,是秋天的

十月,是秋天的
回音在谷底一病不起

越界与临界
是一片不回头的落叶
不需要跟随闪电
不需要出现风雷
羽毛般茫然的诗句
入地而眠

而忧伤,高过所有的雪山
高过所有的树梢和屋顶
阳光与诗一样生出金黄的锈斑
你的痛楚如铁
砍倒自己后
你把愿望缝进石头里

十月,是秋天的
印在你足迹中的足迹

那条小溪

风在树梢说它的悄悄话
云在水面晒它的衣裳

淙淙的小溪有许多的名字
我叫它调皮
你叫它甜蜜
其实它自己叫自己小喇叭
在山风拂过的田野
微微战栗的草尖
款款走来的影子里
你，听见它的童音了吗

哦！如果你一路流去不回
我能否在某个秋天收到你
远方的来信

太阳花

太阳花
从冬天就已经开了
风雪不冷，暗夜不冻
守望黎明

迎着一千个春天
一万次朝阳
不需要雨露也要绽放
你一定奇怪永远看不见她的果
总是在弯腰和低头
请给她又轻又柔的梦想吧

太阳花
当她凋谢了之后
结出的果子
就是太阳

来去

你从山峰走来
从河流上走来
从草原上,从人间
从喧嚣的号角声中走来
走上高原

传说在太阳西沉的地方
金色的稻米一直醒着
你没有看见它的花它的叶吗
流淌成满天霞光

用你带来的太阳播种
用你带来的春天发芽
用你带来的雨水生长
用你带来的肥沃土壤

你从哪里走来
你就去向哪里

孤独

太甜了,你的名字
是黑色的头发上
生出的名词

灵魂做主语
披着美丽的衣衫
和我素昧平生,姗姗来迟

一道光,骑一匹风
也要舞动,起飞的动词
再飞起一次

沉重的谓语,层层叠叠倒下
大地承受不起
天空和飞翔,落日跌入长河

花开了,一盏一盏的小灯
突然点亮起来
形状表达不出形状,需要补语

从宾语里掉下的形容词
叮叮当当地碰响着天空
唱起了安魂曲

词和语,为自己送葬
我在孤独里看见了自己
孤独在我的名字里疯长着孤独

问答

昏睡了一整天
请给我一张不做梦的床,好吗

很久没有约会快乐了
请还给我许给你的苦笑,好吗

撑着一苇度过了冬天
请给我一条岸上,好吗

很久没有做梦了
请把月光推出窗外,好吗

许久没有见面
给我一副寸草不生的脸,好吗

风也不放过,雨也不放过
请告诉我还欠世界些什么,好吗

海子已代我在门口朗诵了诗歌
请替我还了饭馆的酒钱,好吗

神啊,你在哪里
请让沉默的继续沉默,好吗

关于

关于你
好久不见,你的笑声瘦了
安静地听完一首歌
你的名字就点亮了全城的灯火
关于思念
无非会朝如青丝暮成雪
而杯中的残酒
在冷眼中嘲笑我的醉
关于时间
从挂钟破壁而出,用指针
拴着短短的日子
在城市里显得特别拥挤
关于诗人
藏在一张苍白的纸里
从无数的历史中
找到无数个自己

关于未来,无非是
一个脚印消灭另一个脚印

野花, 草原的灯盏

跋涉了多么遥远的路程
野花,才开满草原
举起一片蓝天
野花,才成为了草原的灯盏
风吹来星子
风吹来遥远的梦
野花,草原的灯盏
风吹来你的消息

野花,让所有的事物举灯
幸福为所有的事物点亮
让所有的方向都有路去
所有的路都有方向

野花
草原的灯盏

消息

阳光从门口挤进屋子
我走后
她就有了散开的自由
书桌上的一本诗集
始终没有翻到最后

是时候打开窗了
让风进来,让云进来
也让疲倦的旅人进来
带来远方的消息
还有你

我怕思念拖得太长
会忘了你的模样

八月

八月,蒲公英谢了
飞舞的长剑指花是花
闪耀整个山坡
月亮降临

花开的时候
月光下的祈祷
常常在夜里完成
常常在夜静处写成经文

花就开满了旅人的肩上
我很早就梦见了脚印和手掌
纹路如骨,从早到晚
土地,忧郁
还有你

冷

黄昏披着一片片
被地平线切割的云朵
他们除了流浪
不再承认自己还活着

扬起的秋风
带来了寒冷的消息
天空很冷，风雨很冷，街灯很冷
因此才需要温暖
来解释寒冷的意义

将要来临的冬天
冻得让河流一丝不挂
且把两岸如手臂
在时间里埋葬自己

倘若

倘若窗纱被阳光劈开
呼吸慢慢啃光了额上的草
跌跌撞撞的年轮
生锈的风声和蝉声仍可找到

倘若失神的眼眸再无醉意
你留下的空酒瓶
吹熄了满街的灯火
所有的方向都会喊疼

倘若黄昏把落日踢成月亮
黑色缓缓流动而来
你眼里却放着光
光来自闪烁的星群

倘若影子没有命运
也要向天空伸出不屈的手掌
用青春、热血和笔
拆开横亘的南墙

倘若我抱着一床的冷做梦
我梦见一盆炉火走过冬天

红尘恋歌 （组诗）

滚滚红尘，匆匆一生，无非柴米油盐酱醋茶而已……

柴

点亮了我之后你已逃走
举着火把
把我的伪装燃透

留下的结疤，在风中
一层层脱落
多么狠心的温柔

米

一生的时光从泥土摇曳而来
握满手心的
仍是稻花纷飞的七月

你知道我的饥渴
以泪煮我

生命因此而鲜活

油

至于我们的遇见
仿佛你满身是火
我们热得好快

尽管你不是水
还是被空气抓了去
从此再没有回来

以即将成灰的烟为衣
你是否越穿越冷

盐

一部厚厚的历史
化进你眼里
我们把自己囚禁

没有你
温饱都是夕阳

酱

把所有你的消息都翻出来
搅拌，然后暴晒
在时间里慢慢成熟

余温冷却
纵然寂寞无边
也少年

醋

怎么也想不起你是如何变味的
在我的似水流年
酿造倾情

然后，我一饮而尽
无论是酸是甜

茶

烟医不了寂寞
酒解不了真愁

衣不如新，人不如故
最后，我们在静静的清香里
睡熟

十二星象随想 （组诗）

子

你有天使般的翅膀
从春天走来
风吹在温柔的风上

你成为秋天的收割者
风里的温度
唤醒冬眠的麦田

那个小孩，在去年的冬天
忘记带来了他的宝瓶
把风浇灌

丑

请给我一个名字
让我命名这个尘世

它来自五十亿光年的鱼
沉睡于眼泪的湖底

它忧郁的歌声
诉说着这世界上最悲伤的童话

寅

我们逃避着那狠心的射手
在山岗与山岗之间
小心守着彼此的领地

我们也守着彼此的沉默
尽管长啸的失眠
拒绝为一条信息作证

我们偷走的是我们
渐渐流失的温度
和山涧的泉水一起冬眠

卯

能用长长的句子
来解释和追问的
绝对不是爱情

自从铆足了劲儿喝下那杯残酒
就再也没有把你的脸
认出并且记住

堪堪如浮云

辰

去爱吧
尽管如此接近又排斥
受伤到死去活来

去拥有每天的摩擦和碰撞
就像你不在意白发和蹊跷的皱纹
笑容依然覆在你灿烂的颜上

去爱吧
只有像双子星那样的吸引
彼此才不会永远遗忘

巳

熄去一盏灯
陌生的脚步穿过雨林

趁黑夜未黑尽

趁我还未一病不起
离别在风中等我
离别在风中

你安之若素
我杯弓蛇影

午

终于找到了那片草原
敕勒川，阴山下
飘零的星光洒下片刻的幸福

我们以梦为马
救活绿色即将消失的七月

未

我来了，像草原渴望野火
羊群总是那样追逐牧场
闯进你的领地
你的眼睛是一扇门

尽管明知会被你吞噬
也愿在你身旁
做一只幸福的羊

余生让你
偷偷地恨你自己

申

落日从井里悠悠穿过
影子又瘦又长
掌心握着满把的孤独

月光的手指太冷
暮色中
在你的眼里打捞星辰

没有那张摔碎的脸
笑容挂在哪里

酉

独醉的酒一定没有水
深夜的琴声呜咽

生活很苦涩
但能遇见你
有点儿甜

情若能自控
要心何用

戌

把手伸向我
走向路的尽头
让我们站成一排高高的白杨

不再打扰你
假如落叶会说话
假如道路也会呼吸

用附在耳边低低的呻吟
在冷风中一把捞起
曾经的誓言

亥

所谓的幸福
就是有你，我从未

羡慕过任何别人

愿你做一头幸福的猪
这是我整首诗的最后一句

也是第一句

我要去你的村庄

我要去你的村庄
给你建一栋新房
太阳盛开成朵朵温柔的野花
青禾向饱满疯长

采集所有季节的故事
乘悠悠的河水晒晒太阳
让炊烟变成绿色的风
让月光柔软清凉

我要去你的村庄
听涧水唱着融雪的歌声
点起一盏灯
照亮道道山梁

我要告诉你一些心事
向许多陌生的人问你的消息
他们说你的灯总也不亮
他们说你的房子没有开窗

我要去你的村庄
找一块碑写下诗人的墓志
和村庄一起古老
和你一样善良

我的村庄

等李树花开
山谷不再遥远
村庄也能从迷途返回
我也就属于了村庄

打开窗,让风吹醒所有人的早晨
让月亮暂存山边
所有的事物沐浴光明
跋涉的旅人也知道去向

杨树长满理想,我愿它不生不灭
蛙声占领着池塘,它们不增不减
静卧着唠叨的坟
一样不垢不净

古老的村庄,湿漉漉的村庄
梯田列队通过山坡,土壤骨瘦如柴
燃烧的骨灰永不落下
一条条泥路,坚硬地生长

卧龙跃马终黄土
大雁大雁飞天上

野渡

野渡
用安静摊开身体
不老的存在

想着梦里浪花芸芸
撑篙而过
它忘记了它正年轻

野渡无人,舟自横
你听见了吗
你看见了吗
风在回答

存在,只不过是另一种永生
因为我们都是找路的人